# Analyse de l'œuvre

Par Nausicaa Dewez
et Alexandre Randal

# Stupeur et tremblements

d'Amélie Nothomb

lePetitLittéraire.fr

# Rendez-vous sur lepetitlitteraire.fr et découvrez :

Plus de 1200 analyses
Claires et synthétiques
Téléchargeables en 30 secondes
À imprimer chez soi

# AMÉLIE NOTHOMB

ROMANCIÈRE BELGE

- **Née en 1967 à Kobe (Japon)**
- **Quelques-unes de ses œuvres :**
  - *Hygiène de l'assassin* (1992), roman
  - *Mercure* (1998), roman
  - *Une forme de vie* (2010), roman

Belge née au Japon en 1967 dans une famille de diplomates, Amélie Nothomb passe son enfance et son adolescence entre l'Asie et les États-Unis, au gré des affectations paternelles.

Elle obtient une licence de philologie romane à l'université libre de Bruxelles. Après un retour avorté au Japon, son premier roman, *Hygiène de l'assassin*, parait en 1992 et inaugure une activité de publication abondante et métronomique. Nothomb se met elle-même en scène dans plusieurs de ses courts récits, qui narrent souvent des troubles relationnels entre une victime et son bourreau. Le dialogue est sa forme d'expression privilégiée.

Figurant parmi les auteurs francophones les plus lus aujourd'hui, Amélie Nothomb connait par ailleurs une exposition médiatique exceptionnelle.

# *STUPEUR ET TREMBLEMENTS*

## UNE ŒUVRE ENTRE AUTOBIOGRAPHIE ET FICTION

- **Genre :** roman
- **Édition de référence :** *Stupeur et tremblements*, Paris, Albin Michel, 2002, 180 p.
- **1ʳᵉ édition :** 1999
- **Thématiques :** travail, Japon, culture, hiérarchie, Occident, harcèlement

Paru en 1999, *Stupeur et tremblements* est le huitième roman publié par Amélie Nothomb, qui lui a valu le grand prix du roman de l'Académie française.

Dans ce texte autobiographique, Nothomb raconte sa première expérience professionnelle dans une entreprise au Japon. Le livre est l'occasion d'une plongée dans les codes de la société japonaise et les relations hiérarchiques au travail, sous le regard d'une Occidentale qui tente, vainement, de les comprendre et de s'y plier. Il s'agit aussi d'une nouvelle mise en scène du personnage d'Amélie par Nothomb.

## UN NOUVEAU TRAVAIL

Amélie, une jeune Belge, se présente pour son premier jour de travail dans l'entreprise tokyoïte Yumimoto. Elle fait la connaissance de ses supérieurs : M. Saito, directeur de la comptabilité, M. Omochi, vice-président, et enfin M^lle^ Fubuki Mori, sa supérieure directe, dont la beauté la fascine. Plus tard, elle aura l'occasion de croiser M. Haneda, le mystérieux directeur jusqu'alors dissimulé dans son bureau, et qui s'avèrera étonnamment charmant lors de leur rencontre. La narratrice, ignorant encore quelle descente aux enfers l'attend, trompe son ennui en effectuant les quelques tâches inutiles exigées par M. Saito, tout en admirant Fubuki. Elle décide ensuite de se charger de servir le thé aux employés.

Utilisant les formules de politesse rituelles, Amélie indispose les Japonais, qui se méfient de cette Occidentale connaissant leur langue. Saito lui ordonne alors de ne plus comprendre le japonais : se demandant comment obéir à un tel ordre, elle reçoit la sympathie de Fubuki. Toujours désœuvrée, elle se lance ensuite dans la distribution du courrier, tout en imaginant avec délices sa défenestration par la baie vitrée de la compagnie. Mais elle doit cependant renoncer à sa tâche : on l'accuse de voler le travail de quelqu'un d'autre. Elle se proclame dès lors avanceuse-tourneuse de calendriers, jusqu'à ce que M. Saito lui ordonne de photocopier un tas de feuilles et lui impose de recommencer indéfiniment pour d'imaginaires imperfections.

## UNE INITIATIVE
## AUX CONSÉQUENCES NÉFASTES

C'est alors qu'elle rencontre M. Tenshi, responsable du service des produits laitiers. Il lui propose de l'aider pour un projet impliquant une collaboration avec une firme belge. Comme elle dispose de cette nationalité, Amélie pourrait être particulièrement utile. La jeune femme s'attèle avec enthousiasme à cette tâche, pour la plus grande satisfaction de son commanditaire. Cela entraine pourtant de terribles conséquences : Tenshi et Amélie sont convoqués chez Omochi qui les sermonne violemment pour leur initiative. Tenshi informe la narratrice incrédule que Fubuki les a dénoncés, car elle ne supporte pas l'idée que la carrière de sa subordonnée puisse avancer plus rapidement que la sienne.

Amélie sollicite alors un entretien avec sa supérieure pour éclaircir la situation : celle-ci lui confirme qu'elle l'a bien dénoncée, et déclare qu'elle n'a aucune estime pour elle. Amélie cherche à comprendre sa supérieure à la lumière de la condition de la femme japonaise – soumise à des règles iniques et privée de toute joie. Fubuki est une Japonaise irréprochable, si ce n'est qu'elle est toujours célibataire. Honteuse de son propre sort, elle cherche à séduire tout homme acceptable grâce à une « parade nuptiale » dérisoire.

Fubuki impose ensuite à Amélie de vérifier un facturier. La narratrice s'acquitte de cette tâche ennuyeuse tout en admirant la beauté de sa supérieure. Mais lorsque le comptable vérifie son travail, il s'avère qu'elle a commis des erreurs importantes. Fubuki, furieuse, croit à une vengeance :

Amélie s'en défend et lui réclame un travail qui sollicite son intelligence. Fubuki lui ordonne de vérifier des notes de frais, ce dont Amélie se révèle incapable. Elle décide toutefois de passer ses nuits au bureau pour tenter de respecter l'échéance et, une nuit, dans un état de fatigue avancé, elle se déshabille soudain au milieu des locaux de Yumimoto, avant de s'enfouir sous un tas de détritus sous lequel ses collègues la retrouvent le lendemain matin. Ayant échoué dans sa tâche, elle se remet à servir les boissons et croise à cette occasion M. Haneda.

Lorsque le vice-président Omochi humilie publiquement Fubuki, Amélie, révoltée, suit sa supérieure dans les toilettes pour la réconforter. Fubuki interprète ce geste comme une volonté de l'enfoncer plus encore. Par vengeance, elle affecte Amélie à la charge des toilettes. Dans sa nouvelle fonction, elle croise tous ses supérieurs et tout particulièrement Fubuki, qui vient souvent la toiser. Amélie ne cède pas, mais se persuade que la vindicte de sa supérieure est le signe de son élection ; Fubuki lui rit au nez.

Quelques jours avant la fin de son contrat, Amélie, qui a malgré tout décidé de rester jusqu'à la fin pour ne pas perdre la face, passe auprès de chacun de ses supérieurs pour les informer qu'elle ne souhaite pas prolonger son travail chez Yumimoto. Elle adopte à cette occasion l'attitude humble de la parfaite employée japonaise et a le plaisir de constater que sa feinte contrition provoque la jouissance de Fubuki.

Après le repos du Nouvel An, Amélie revient pour la dernière fois dans l'entreprise, qu'elle quitte finalement avec tristesse. Alors qu'éclate la guerre du Golfe (1990-1991), elle rentre en Europe et publie *Hygiène de l'assassin* : Fubuki lui envoie à cette occasion un message de félicitations en japonais qui la comble de joie.

# ÉTUDE DES PERSONNAGES

## AMÉLIE, LA NARRATRICE

La narratrice, Amélie, ne donne aucune indication sur son propre physique. Ses collègues de Yumimoto l'appellent « Amélie-san » ; son nom de famille n'est par contre jamais mentionné.

Belge née au Japon, elle revient fraichement diplômée dans son pays natal pour y travailler. Elle entre chez Yumimoto, « aux ordres de tout le monde » (p. 7) et pleine de bonne volonté. Elle souhaite trouver sa place dans l'entreprise, condition *sine qua non* pour pouvoir vivre au Japon.

Sa bonne volonté, traduite notamment par ses heures supplémentaires (p. 75-85) et son souhait de se trouver une occupation utile au sein de l'entreprise (p. 27-29), se heurtent à son incompétence dans le domaine de la comptabilité et à sa méconnaissance des usages japonais, qui lui font commettre de nombreuses bévues. Son erreur est, notamment, de chercher à outrepasser ses attributions en travaillant avec M. Tenshi. Ce fait lui vaut non seulement une réprimande violente du vice-président Omochi, mais aussi la haine vindicative de sa supérieure directe, Fubuki Mori. Dès lors, Amélie connait une « fulgurante chute sociale » au sein de l'entreprise (p. 132), Fubuki cherchant à l'humilier toujours plus, jusqu'à lui assigner la fonction de « dame pipi » du 44e étage.

L'héroïne est affectée par ces épreuves : elle connait un

moment de quasi-folie au cours duquel elle se déshabille au bureau et se couvre de détritus (p. 81-85)  ; elle pleure d'humiliation lorsqu'elle travaille aux toilettes (p. 153) ; elle s'échappe mentalement de l'entreprise en s'imaginant qu'elle se jette par la fenêtre (p. 29). Toutefois, Amélie est aussi fière et décidée : malgré son travail dégradant, elle refuse de démissionner et choisit de rester chez Yumimoto jusqu'à la fin de son contrat, comme un Japonais l'aurait fait (p. 133).

L'expérience professionnelle se solde par un échec : incapable de s'adapter à l'entreprise japonaise, la narratrice ne demande pas le renouvèlement de son contrat et rentre en Europe. Elle admet pourtant avoir « beaucoup appris » (p. 174). Cet apprentissage se manifeste au moins dans trois domaines :

- les usages japonais – elle adopte l'attitude humble adéquate pour prendre congé de ses supérieurs ;
- les autres – à ses débuts, Amélie considérait Fubuki comme un ange et M. Saito comme un personnage mauvais (p. 50-53), mais elle apprend à connaitre mieux les êtres et les réévalue lucidement ;
- elle-même – la protagoniste principale a appris que le Japon dont elle s'était « crue originaire » (p. 27) n'est pas un pays où elle peut vivre et s'épanouir. Elle rentre donc en Europe et devient écrivaine.

## M^LLE FUBUKI MORI

Supérieure hiérarchique directe d'Amélie, Fubuki Mori est

l'une des rares femmes occupant un poste à responsabilités chez Yumimoto. Sa beauté inouïe (p. 12-13) fascine la narratrice dès le premier regard, de même que son nom, qui signifie « tempête de neige » (p. 25). Cependant, la beauté et l'apparente gentillesse de Fubuki dissimulent une personnalité plus complexe.

Femme ambitieuse travaillant dans une société misogyne, elle paie le prix de sa réussite professionnelle. Célibataire à 29 ans, elle vit l'absence de mari comme une tare, ainsi que le veut la mentalité japonaise. Elle « a souffert des années » (p. 52) pour occuper l'emploi qui est le sien et y subit encore l'humiliation d'Omochi (p. 114-126). Fubuki est aussi un personnage fier qui ne supporte pas que sa subordonnée soit témoin de son humiliation (p. 126-128), ni que celle-ci puisse gravir les échelons plus vite qu'elle (p. 53-57).

Alors qu'Amélie ressent amitié et admiration pour Fubuki, cette dernière éprouve le désir de l'humilier. Elle l'affecte au nettoyage des toilettes et vient souvent lui rendre visite pour jouir de son avilissement. Après le départ d'Amélie et son retour en Europe, Fubuki la félicite toutefois pour la publication de son premier livre : ne voyant plus en Amélie une rivale, elle redevient capable de sentiments cordiaux.

## M. SAITO

Directeur de la section comptabilité et âgé d'une cinquantaine d'années, M. Saito a la « voix rauque » et est « petit, maigre et laid » (p. 8). Il attribue à l'héroïne des tâches absurdes, répétitives et inutiles, et se montre perpétuellement insatisfait du résultat obtenu. Se laissant piéger par l'apparence peu amène de M. Saito, la narratrice croit d'abord qu'il est un « salaud » et un « imbécile » (p. 50). Elle se ravise rapidement. Saito se montre en effet gêné de la manière dont elle a été traitée et lui témoigne de la gentillesse. Finalement, elle voit en lui « un Nippon parmi des milliers », pris dans un système « qu'il n'aimait sûrement pas mais qu'il ne dénigrerait jamais, par faiblesse et par manque d'imagination » (p. 174).

## M. OMOCHI

Vice-président de Yumimoto, M. Omochi est « énorme et effrayant » (p. 9). Désigné souvent comme l'« obèse » (p. 176), il mange des aliments répugnants (p. 175-180) et inspire le « dégoût » (p. 90). Il est dénué d'empathie et semble incapable de comprendre les sentiments d'autrui. Il considère ainsi, « sans aucune ironie » (p. 140), qu'Amélie doit être heureuse d'avoir un travail, même si celui-ci consiste à tenir propres et en ordre les toilettes du 44ᵉ étage. Tout au long du livre, Omochi se caractérise par ses colères retentissantes au cours desquelles il humilie ses subordonnés avec sadisme. En font ainsi les frais M. Saito (p. 19-20), M. Tenshi, Amélie (p. 44-49), et Mˡˡᵉ Fubuki (p. 114-124). Omochi est la figure de la sauvagerie, de la brutalité et de l'autorité arbitraire.

## M. HANEDA

Président de Yumimoto, M. Haneda est le contraire de M. Omochi : il est Dieu, tandis que son vice-président est le diable (p. 92). Mais le président est un dieu caché : il est le seul de ses supérieurs que la narratrice ne peut voir à son arrivée (p. 9).

Son apparence est saisissante : il a le « corps mince », un « visage d'une élégance exceptionnelle », et il dégage « une impression de profonde bonté et d'harmonie » (p. 91). La beauté de M. Haneda est le signe extérieur de sa bonté. Gêné de voir Amélie rétrogradée au nettoyage des toilettes, il est le seul à lui manifester de l'empathie lorsqu'elle vient prendre congé (p. 182-183).

## M. TENSHI

Directeur de la section des produits laitiers, M. Tenshi a un nom qui signifie « ange », qu'il « port[e] [...] à merveille » (p. 39). L'attitude de ce dernier vis-à-vis de la narratrice tranche en effet avec celle des autres cadres de Yumimoto. Il lui fait confiance et lui accorde des responsabilités en lui commandant un rapport sur une coopérative belge (p. 35-43). Il fait aussi preuve d'une délicatesse et d'une prévenance qu'aucun autre cadre japonais ne témoigne à ses subordonnés. Il affiche par ailleurs une désapprobation discrète vis-à-vis des méthodes de M. Saito (p. 36) et est à l'origine d'un boycott des toilettes lorsque l'héroïne devient « dame pipi » (p. 142). M. Tenshi est un employé bon et compatissant, mais aussi impuissant : ses tentatives de collaboration avec Amélie n'aboutissent qu'à un sermon de la part du vice-président (p. 44-53), tandis que son boycott ne tire pas celle-ci de sa condition.

# CLÉS DE LECTURE

## ENTRE AUTOBIOGRAPHIE ET RÉCIT DE VOCATION

Le genre autobiographique se caractérise par la correspondance d'identité entre auteur, narrateur et personnage principal du récit, ainsi que par le caractère véridique du roman : l'auteure-narratrice s'engage à rapporter les évènements conformément à ses souvenirs.

Dans le cas de *Stupeur et tremblements*, on sait qu'il s'agit d'un récit autobiographique avant tout par des éléments extratextuels : depuis sa parution, l'auteure a constamment affirmé son caractère autobiographique. Les indices textuels sont toutefois moins clairs. Certains rapprochent le livre de l'autobiographie parce que :

- le texte est rédigé à la première personne du singulier et la narratrice en est le personnage principal ;
- le personnage principal est appelé Amélie et, comme Amélie Nothomb, est de nationalité belge, est né dans la province japonaise du Kansai (p. 26), a un diplôme de philologie romane (p. 171) et est l'auteur de l'*Hygiène de l'assassin* (p. 187).

Mais d'autres éléments textuels l'orientent par contre vers la fiction :

- le livre est sous-titré « roman » ;
- l'héroïne explique pourquoi elle a choisi d'appeler la com-

pagnie dans laquelle elle travaille « Yumimoto » (p. 13), reconnaissant implicitement que ce nom est une entorse à la réalité des faits.

*Stupeur et tremblements* est aussi le récit de la vocation d'écrivaine de son auteure. Cette vocation est en fait décrite comme un second choix. Au début du texte, Amélie veut à tout prix trouver sa place au sein de la compagnie Yumimoto pour « être réintégrée à ce pays dont [elle] s'étai[t] si longtemps crue originaire » (p. 27). La première vocation est donc la vie au Japon. La narratrice ne décide de devenir écrivaine que lorsqu'elle constate son incapacité à vivre et à travailler au Japon. Elle rentre alors en Europe et publie son premier roman.

## UN TITRE À LA PORTÉE INTERTEXTUELLE

Pour le lecteur européen, le titre « *Stupeur et tremblements* » évoque d'abord un ouvrage du philosophe danois Kierkegaard (1813-1855), *Crainte et tremblement* (1843).

### *CRAINTE ET TREMBLEMENT*

Søren Kierkegaard a développé, tout au long de son œuvre, un concept expliquant les trois stades vers lesquels l'homme tend. Il y a tout d'abord le stade esthétique : les désirs sont vécus dans l'immédiateté, le plaisir passe avant tout, sans préoccupation du bien et du mal. Dans le deuxième stade, qu'il nomme éthique, le bien et le mal sont au contraire respectés, puisque l'homme travaille et élabore son propre projet de vie.

Le troisième stade, le stade religieux, est au centre de son essai de 1843. Il s'agit du stade le plus élevé. Pour l'expliquer, Kierkegaard choisit de prendre l'exemple du chapitre 22 de la Genèse, lorsque Dieu demande à Abraham de sacrifier son fils. Abraham obéit et sacrifie Isaac. Cet acte demeure incompris et s'oppose à la morale des hommes. En procédant de la sorte, Abraham et l'homme en général décident de vivre dans la crainte et le tremblement, car la foi ne permet pas d'être totalement certain de ne pas être dans l'erreur.

Le roman d'Amélie Nothomb parle du retour d'Amélie-san, la protagoniste, au Japon, le pays de son enfance. Malheureusement, son intégration dans le monde du travail se passe mal et elle ne subit que des humiliations. Pourtant, à l'incompréhension générale, elle s'obstine et va jusqu'au terme de son contrat. Elle se place donc au-dessus du jugement humain, pour se placer dans un registre plus métaphysique, espérant de la sorte sauver son honneur, ce qui est le plus important à ses yeux. « Elle veut se situer au-delà des jugements moraux traditionnels », comme le dit l'écrivaine Laureline Amanieux (*Amélie Nothomb, l'éternelle affamée*, chap. XIV). « La crainte et le tremblement, c'est l'impossibilité de savoir si, oui ou non, on sera justifié au regard de Dieu. » (*ibid.*)

Mais le roman fournit une autre explication : « Dans l'ancien protocole impérial nippon, il est stipulé que l'on s'adressera à l'Empereur avec "stupeur et tremblements" » (p. 172). Lorsqu'elle présente sa démission à ses supérieurs hiérarchiques, Amélie « pr[end] donc le masque de la stupeur, et commen[ce] à trembler » (p. 172) : Nothomb aurait emprunté son titre non à la tradition occidentale, mais bien au protocole nippon.

Or, tout au long du livre, la narratrice se présente comme incapable d'intégrer les usages japonais, commettant bévue sur bévue. À la fin du roman, quand elle prend congé, elle parvient soudain à adopter l'attitude attendue d'une employée japonaise. À ce moment, elle a donc enfin « réussi » (p. 172) à se conformer à l'usage. Mais il s'agit là plus de paraitre que d'être : la stupeur et les tremblements sont le produit d'un travail conscient et réfléchi de mise en scène de soi-même, comparé au « jeu des acteurs dans les films de samouraïs » (p. 172). La maitrise du code survient tardivement, au moment de prendre congé ; elle ne permet pas à la narratrice de s'intégrer au Japon. Le titre porte donc en lui l'échec de la quête d'Amélie, lequel débouche sur sa vocation d'écrivaine.

## UN ESPACE CLOS

*Stupeur et tremblements* se passe entièrement dans les locaux de Yumimoto – tout d'abord dans les bureaux du département comptabilité, puis dans les toilettes du 44ᵉ étage. Rien n'est évoqué de l'existence de la narratrice hors de l'entreprise. Elle justifie elle-même cette option narrative (p. 159-161) par trois raisons principales :

- son emploi occupe l'essentiel de son temps ;
- le dehors est « hors sujet » (p. 159) ;

- depuis le lieu d'humiliation que sont les toilettes où elle exerce la fonction de « dame pipi », le monde extérieur lui parait irréel.

Le livre développe un sujet unique – l'emploi d'Amélie au sein d'une compagnie japonaise – dans un lieu unique, clos et de plus en plus réduit. L'histoire se déploie donc dans un univers carcéral et étouffant. Pour la narratrice, l'unique échappatoire est la « défenestration » (p. 161) : elle se jette régulièrement, en imagination, par la fenêtre. Cette fuite imaginaire, affirme-t-elle, lui « a sauvé la vie » (p. 161).

La sortie réelle de l'entreprise n'intervient, quant à elle, qu'à la fin du livre : après un an de travail, l'Occidentale demande que son contrat ne soit pas renouvelé. Quitter Yumimoto signe l'échec de l'aventure japonaise, le retour en Europe et l'entrée en littérature.

## LA THÉMATIQUE DE L'ALTÉRITÉ

En intégrant Yumimoto, la narratrice, Belge née au Japon, cherche à s'intégrer dans le pays de sa naissance. Cependant, ses réactions au sein de l'entreprise ne paraissent jamais adéquates et irritent ses supérieurs. Cherchant à expliquer le comportement de leur employée, ceux-ci la ramènent perpétuellement à son statut d'étrangère, puisqu'ils incriminent « l'infériorité du cerveau occidental » (p. 169) : ce handicap expliquerait pourquoi Amélie est incapable de se plier à des ordres que n'importe quel employé japonais est en mesure d'exécuter. Le paroxysme est sans doute atteint lorsque M. Saito lui ordonne de « ne plus comprendre le japonais » (p. 21). Se disant incapable d'exécuter un tel ordre, elle conforte ses supérieurs dans l'idée que le cerveau occidental est limité par rapport au cerveau japonais. En outre, cet ordre la sépare du groupe auquel elle veut appartenir : alors qu'elle cherche d'une certaine façon à devenir japonaise, son supérieur lui indique qu'elle ne peut être tolérée chez Yumimoto qu'en restant l'étrangère, la non-Japonaise. Au travers du cas singulier d'Amélie, c'est donc un choc des cultures que le livre met en scène.

Le rejet des Japonais la conduira à s'auto-exclure de l'entreprise, en ne demandant pas la prolongation de son contrat. Elle reçoit toutefois, à la publication de son premier livre, un message de félicitations de Fubuki « écrit en japonais » (p. 187) : cette missive, qui offre à la narratrice la reconnaissance d'une personne qu'elle estime, la « ravit au plus haut point » (*ibid.*). Elle arrive toutefois trop tard, alors qu'Amélie s'est définitivement coupée du pays du Soleil-Levant pour vivre en Europe.

L'humour, omniprésent dans le livre, est étroitement lié à la thématique de l'altérité. La narratrice manie l'autodérision, soulignant à la fois l'humilité de sa position au sein de Yumimoto et son incompétence face à certaines tâches. Cette forme de comique agit auprès des lecteurs comme une *captatio benevolentiae* (cela attire leur sympathie et leur bienveillance). Amélie recourt aussi à l'ironie pour rendre compte de certains usages japonais (« J'eus droit à un savon mérité : je m'étais rendue coupable du grave crime d'initiative », p. 29). L'énoncé ironique, par définition, ne comporte aucune marque de distanciation. Il ne sera donc perçu comme ironique que par des lecteurs qui partagent les références et convictions de l'énonciatrice – c'est-à-dire des lecteurs non japonais, voire occidentaux. Alors que dans l'histoire racontée, Amélie est dans la position de l'autre, de l'étrangère, l'humour du dispositif narratif contribue au contraire à faire des Japonais les autres auxquels s'opposerait un « nous » englobant la narratrice et ses lecteurs (occidentaux).

## LE TRAITEMENT DU COMIQUE DANS *STUPEUR ET TREMBLEMENTS*

Le roman d'Amélie Nothomb contient donc une forte charge ironique et critique envers la culture du travail au Japon. Celle-ci nait, chez l'héroïne, de l'étonnement et de la confusion pour un système qui écrase toute velléité d'individualisme.

L'auteure décide de traiter cet antagonisme culturel sous un volet comique. Rappelons que différentes natures et niveaux de comiques existent. Selon le professeur de littérature David Ravet, « ils ont un rapport étroit à l'absurdité de la systématisation aveugle des codes ou des fonctionnements hiérarchiques de l'entreprise ou plus généralement de la société japonaise » (RAVET D., « *Stupeur et tremblements* d'Amélie Nothomb : Un voyage infernal dans une entreprise japonaise », in *Astrolabe*). Dans *Stupeur et tremblements*, l'auteure belge utilise plusieurs fonctions du comique, notamment de situation, de répétition et de renversement des valeurs.

## Le comique de situation

Le comique de situation survient lorsque Fubuki tente, de manière totalement débridée, de séduire des hommes célibataires. Cette séduction poussée à l'extrême est à l'exact opposé de l'attitude habituelle du personnage, puisqu'elle se comporte en temps normal de manière glaciale avec Amélie.

Cette logique de la disproportion s'inscrit de même dans l'histoire personnelle d'Amélie qui, alors qu'elle est hautement qualifiée (cursus universitaire de philologie romane), se voit attribuer par ses supérieurs du travail de plus en plus humiliant, en total décalage avec ses aptitudes. « La disproportion est ainsi un des moteurs du comique et sur un plan plus général l'élément essentiel du fonctionnement tragique de l'intrigue », souligne David Ravet (*ibid.*)

## Le comique de répétition

Il apparait dès la première scène de travail d'Amélie. En effet, M. Saito, en fournissant un travail répétitif et mécanique à Amélie, rend la situation absurde :

> « Monsieur Saito lut mon travail, poussa un petit cri méprisant et le déchira : – Recommencez. [...] Mon supérieur lut mon travail, poussa un petit cri méprisant et le déchira : – Recommencez. [...] Je passai les heures qui suivirent à rédiger des missives à ce joueur de golf. Monsieur Saito rythmait ma production en la déchirant, sans autre commentaire que ce cri qui devait être un refrain. » (p. 10-12)

Amélie se voit donc contrainte de rédiger sans cesse la

même lettre, selon les désidératas tout à fait fantasques de son supérieur. Cet exercice, qui devient très rapidement aberrant étant donné qu'il est à refaire aussitôt terminé, lui rappelle un extrait du *Bourgeois gentilhomme* (1670) de Molière (dramaturge français, 1622-1673). Dans un passage de la scène IV de l'acte II de cette pièce, le maitre de philosophie formule de différentes manières la phrase : « Belle Marquise, vos beaux yeux me font mourir d'amour », jusqu'à l'absurde.

Cette référence intertextuelle à Molière permet d'ajouter un niveau supplémentaire de comique à la scène avec M. Saito, déjà invraisemblable en elle-même par la répétition machinale des mêmes gestes. Selon David Ravet, « ce comique moliéresque tend à ridiculiser l'attitude monomaniaque où l'idée fixe préside aux actions d'un personnage principal. C'est également le cas de *L'Avare* ou du *Malade imaginaire* » (« *Stupeur et tremblements* d'Amélie Nothomb : Un voyage infernal dans une entreprise japonaise »).

Ce comique de répétition devient de la torture morale et de l'humiliation lorsque les photocopies de milliers de feuilles faites par Amélie sont envoyées inexorablement à la poubelle par M. Saito.

## Le comique par renversement de valeurs

Le renversement des valeurs se produit lorsqu'Amélie se projette dans un délire mégalomaniaque (p. 82-85), qui se fonde en réalité sur un renversement hiérarchique. À la suite d'un déshabillage et d'une défenestration mentale, elle en vient à se prendre pour Dieu. L'humiliation imposée par Fubuki offre à Amélie la possibilité d'atteindre la gloire céleste telle qu'elle a été atteinte par Jésus lors de la crucifixion :

> « Fubuki, je suis Dieu. [...] Tu commandes, ce qui n'est pas grand-chose. Moi, je règne. La puissance ne m'intéresse pas. Régner, c'est tellement plus beau. Tu n'as pas idée de ma gloire. [...] Jamais je n'ai été aussi glorieuse que cette nuit. C'est grâce à toi. Si tu savais que tu travailles à ma gloire ! Ponce Pilate [chevalier roman, 1er siècle apr. J.-C.] ne savait pas non plus qu'il œuvrait pour le triomphe du Christ. » (p. 83)

Le comique prend ici la forme d'une libération corporelle à travers la danse effectuée par Amélie de bureau en bureau et par le délire verbal dirigé à l'encontre de Fubuki.

David Ravet conclut en affirmant que « *Stupeur et tremblements* raconte, dans un style vif, cinglant et ironique, une aventure viatique forte vécue comme très violente par l'héroïne, double de l'écrivain » (*ibid.*)

## L'ADAPTATION CINÉMATOGRAPHIQUE

En 2002, le réalisateur français Alain Corneau (1943-2010) a adapté le livre d'Amélie Nothomb au cinéma. L'adaptation est relativement fidèle, si ce n'est sur deux points précis.

La première différence entre le livre et le film réside dans la forme puisque les dialogues, contrairement au roman, sont entièrement en japonais dans le film.

Par ailleurs, le film est marqué par l'interprétation des

*Variations Goldberg* de Jean-Sébastien Bach (compositeur 1685-1750) par Simon Hantaï (claveciniste français, 1964). Bien qu'il n'y ait aucune mention relative à de la musique dans le roman, le cinéaste français voyait ce choix esthétique comme primordial :

> « À la lecture, je suis arrivé très vite à l'idée de Bach. J'ai pensé qu'il était dans le livre. Qu'il y avait dans le roman cette espèce de tu et à toi avec la transcendance qu'on trouve dans la musique, ainsi que l'espèce de mathématique qu'il y a dans ces variations. J'étais sûr que la musique allait être un dialogue, jouer comme un contrepoint à l'histoire. Que cette musique allait rappeler le raffinement interne du Japon. Ou plutôt de l'idée que l'on s'en fait. » (ZUMKIR M., *Amélie Nothomb de A à Z, Portrait d'un monstre littéraire*, 2003, p. 36).

Ce roman, à l'esthétique marquée entièrement par le pays du Soleil-Levant a été pour l'auteure belge un véritable exutoire :

> « Tout est vrai à 100 %. C'est une histoire pour laquelle il ne m'a fallu aucune imagination. J'ai réellement travaillé là, en 1990, c'était l'une des plus grosses sociétés japonaises. Oui ce livre est un petit règlement de compte avec la culture d'entreprise à la japonaise mais nullement contre le Japon. » (DELPIANNO R., *Amélie Nothomb, Stupeur et tremblements*, consulté le 22 septembre 2016).

# PISTES DE RÉFLEXION

## QUELQUES QUESTIONS POUR APPROFONDIR SA RÉFLEXION...

- Observez l'incipit de *Stupeur et tremblements*. En quoi est-il annonciateur des thématiques et du développement du livre ?
- Dans ce livre où les relations hiérarchiques sont essentielles, on compte de nombreuses scènes dans lesquelles un protagoniste en humilie un autre. Comment se présente la relation bourreau/victime dans le livre ? Quels personnages implique-t-elle ?
- Un long passage de *Stupeur et tremblements* est une protestation face à l'injustice du sort réservé aux femmes japonaises (p. 92-102). Peut-on pour autant parler d'œuvre féministe ? Justifiez votre réponse.
- La narratrice glisse des commentaires sur les noms de plusieurs personnages. Quelle relation établit-elle entre les noms et les personnes qui les portent ?
- Amélie classe la plupart des personnages selon les catégories du beau ou du laid. Comment ces personnages sont-ils décrits ? Quels traits de caractère sont associés au physique ? Quel est le rôle du physique dans le jugement de l'héroïne sur les personnages ?
- Désœuvrée, la narratrice aime « se jeter dans la vue » ou admirer Fubuki. La vue apparait ainsi comme un sens particulièrement mis en exergue dans le livre. Quelle en est la raison ? Que représente ce sens symboliquement ?
- Quelle image le livre donne-t-il du Japon et de sa société ? Cette image est-elle univoque ?

- L'auteure qualifie le Japon de son enfance de « lieu my-thologique » (p. 26). Elle retrace par ailleurs son enfance japonaise dans *Métaphysique des tubes* (2000). En quoi ce dernier livre peint-il effectivement le Japon comme un lieu « mythologique » ?
- L'adaptation cinématographique d'Alain Corneau est très fidèle au texte de Nothomb, avec une voix off lisant des passages entiers du livre. Quelles sont, selon vous, les forces et les faiblesses de ce choix ?

*Votre avis nous intéresse !*
*Laissez un commentaire sur le site de votre librairie en ligne*
*et partagez vos coups de cœur sur les réseaux sociaux !*

# POUR ALLER PLUS LOIN

## ÉDITION DE RÉFÉRENCE


- NOTHOMB A., *Stupeur et tremblements*, Paris, Albin Michel, 2002.


## ÉTUDES DE RÉFÉRENCE


- AMANIEUX L., *Amélie Nothomb, l'éternelle affamée*, Paris, Albin Michel, 2005.
- AMANIEUX L., *Le récit siamois : identité et personnage dans l'œuvre d'Amélie Nothomb*, Paris, Albin Michel, 2009.
- DELANGUE H., « Autobiographie ou autofiction chez Amélie Nothomb ? », in *Cédille*, n° 10, avril 2014, p. 129-141, consulté le 23 aout 2016, https://cedille.webs.ull.es/index10.htm
- DELPIANNO R., « Amélie Nothomb, Stupeur et tremblements », consulté le 22 septembre 2016, http://rosanna-delpiano.perso.sfr.fr/ONPA_Nothomb_html.htm
- NARJOUX H., *Étude sur* Stupeur et tremblements *d'Amélie Nothomb*, Paris, Ellipses, coll. « Résonances », 2004.
- RAVET D., « *Stupeur et tremblements* d'Amélie Nothomb : Un voyage infernal dans une entreprise japonaise », in *Astrolabe*, septembre 2006, consulté le 23 aout 2016, http://www.crlv.org/astrolabe/septembre-2006/stupeur-et-tremblements-dam%C3%A9lie-nothomb#_ftnref10
- SYLVESTER K., « L'ironie de l'impuissance dans *Stupeur et tremblements* : une satire de l'entreprise japonaise », in *CLEF*, consulté le 23 aout 2016.

- Zumkir M., *Amélie Nothomb de A à Z, Portrait d'un monstre littéraire*, Bruxelles, Le Grand Miroir, coll. « Une Vie », 2003.

## ADAPTATION

- *Stupeur et tremblements*, film français d'Alain Corneau, avec Sylvie Testud, France, 2002.

## SUR LEPETITLITTÉRAIRE.FR

- Fiche de lecture sur *Hygiène de l'assassin* d'Amélie Nothomb.
- Fiche de lecture sur *Mercure* d'Amélie Nothomb.
- Fiche de lecture sur *Une forme de vie* d'Amélie Nothomb.
- Fiche de lecture sur *Le Crime du comte Neville* d'Amélie Nothomb.
- Fiche de lecture sur *Le Sabotage amoureux* d'Amélie Nothomb.
- Fiche de lecture sur *Le Crime du comte Neville* d'Amélie Nothomb.

www.lepetitlitteraire.fr

ISBN version numérique : 978-2-8062-1896-4
ISBN version papier : 978-2-8062-1405-8
Dépôt légal : D/2013/12603/377

Avec la collaboration d'Alexandre Randal pour le chapitre suivant : « Le traitement du comique dans *Stupeur et Tremblements* » ainsi que pour les compléments d'information portant sur « *Crainte et tremblement* » et sur « L'adaptation cinématographique ».

Conception numérique : Primento, le partenaire numérique des éditeurs.

Ce titre a été réalisé avec le soutien de la Fédération Wallonie-Bruxelles, Service général des Lettres et du Livre.

# Retrouvez notre offre complète sur lePetitLittéraire.fr

- des fiches de lectures
- des commentaires littéraires
- des questionnaires de lecture
- des résumés

---

**ANOUILH**
- Antigone

**AUSTEN**
- Orgueil et Préjugés

**BALZAC**
- Eugénie Grandet
- Le Père Goriot
- Illusions perdues

**BARJAVEL**
- La Nuit des temps

**BEAUMARCHAIS**
- Le Mariage de Figaro

**BECKETT**
- En attendant Godot

**BRETON**
- Nadja

**CAMUS**
- La Peste
- Les Justes
- L'Étranger

**CARRÈRE**
- Limonov

**CÉLINE**
- Voyage au bout de la nuit

**CERVANTÈS**
- Don Quichotte de la Manche

**CHATEAUBRIAND**
- Mémoires d'outre-tombe

**CHODERLOS DE LACLOS**
- Les Liaisons dangereuses

**CHRÉTIEN DE TROYES**
- Yvain ou le Chevalier au lion

**CHRISTIE**
- Dix Petits Nègres

**CLAUDEL**
- La Petite Fille de Monsieur Linh
- Le Rapport de Brodeck

**COELHO**
- L'Alchimiste

**CONAN DOYLE**
- Le Chien des Baskerville

**DAI SIJIE**
- Balzac et la Petite Tailleuse chinoise

**DE GAULLE**
- Mémoires de guerre III. Le Salut. 1944-1946

**DE VIGAN**
- No et moi

**DICKER**
- La Vérité sur l'affaire Harry Quebert

**DIDEROT**
- Supplément au Voyage de Bougainville

**DUMAS**
• Les Trois
  Mousquetaires

**ÉNARD**
• Parlez-leur
  de batailles,
  de rois et
  d'éléphants

**FERRARI**
• Le Sermon sur la
  chute de Rome

**FLAUBERT**
• Madame Bovary

**FRANK**
• Journal
  d'Anne Frank

**FRED VARGAS**
• Pars vite et
  reviens tard

**GARY**
• La Vie devant soi

**GAUDÉ**
• La Mort du
  roi Tsongor
• Le Soleil des
  Scorta

**GAUTIER**
• La Morte
  amoureuse
• Le Capitaine
  Fracasse

**GAVALDA**
• 35 kilos d'espoir

**GIDE**
• Les
  Faux-Monnayeurs

**GIONO**
• Le Grand
  Troupeau
• Le Hussard
  sur le toit

**GIRAUDOUX**
• La guerre de
  Troie
  n'aura pas lieu

**GOLDING**
• Sa Majesté des
  Mouches

**GRIMBERT**
• Un secret

**HEMINGWAY**
• Le Vieil Homme
  et la Mer

**HESSEL**
• Indignez-vous !

**HOMÈRE**
• L'Odyssée

**HUGO**
• Le Dernier Jour
  d'un condamné
• Les Misérables
• Notre-Dame
  de Paris

**HUXLEY**
• Le Meilleur
  des mondes

**IONESCO**
• Rhinocéros
• La Cantatrice
  chauve

**JARY**
• Ubu roi

**JENNI**
• L'Art français
  de la guerre

**JOFFO**
• Un sac de billes

**KAFKA**
• La Métamorphose

**KEROUAC**
• Sur la route

**KESSEL**
• Le Lion

**LARSSON**
• Millenium I. Les
  hommes qui
  n'aimaient pas
  les femmes

**LE CLÉZIO**
• Mondo

**LEVI**
• Si c'est un
  homme

**LEVY**
• Et si c'était vrai…

**MAALOUF**
• Léon l'Africain

**MALRAUX**
• La Condition
  humaine

**MARIVAUX**
• La Double
  Inconstance
• Le Jeu de l'amour
  et du hasard

**MARTINEZ**
• Du domaine
  des murmures

**MAUPASSANT**
• Boule de suif
• Le Horla
• Une vie

**MAURIAC**
• Le Nœud
  de vipères

**MAURIAC**
• Le Sagouin

**MÉRIMÉE**
• Tamango
• Colomba

**MERLE**
• La mort est
  mon métier

**MOLIÈRE**
• Le Misanthrope
• L'Avare
• Le Bourgeois
  gentilhomme

**MONTAIGNE**
• Essais

**MORPURGO**
• Le Roi Arthur

**MUSSET**
• Lorenzaccio

**MUSSO**
• Que serais-je
  sans toi ?

**NOTHOMB**
• Stupeur et
  Tremblements

**ORWELL**
• La Ferme
  des animaux
• 1984

**PAGNOL**
• La Gloire de
  mon père

**PANCOL**
• Les Yeux jaunes
  des crocodiles

**PASCAL**
• Pensées

**PENNAC**
• Au bonheur
  des ogres

**POE**
• La Chute de la
  maison Usher

**PROUST**
• Du côté de
  chez Swann

**QUENEAU**
• Zazie dans
  le métro

**QUIGNARD**
• Tous les matins
  du monde

**RABELAIS**
• Gargantua

**RACINE**
• Andromaque
• Britannicus
• Phèdre

**ROUSSEAU**
• Confessions

**ROSTAND**
• Cyrano de
  Bergerac

**ROWLING**
• Harry Potter à
  l'école des sor-
  ciers

**SAINT-EXUPÉRY**
• Le Petit Prince
• Vol de nuit

**SARTRE**
• Huis clos
• La Nausée
• Les Mouches

**SCHLINK**
• Le Liseur

**SCHMITT**
- La Part de l'autre
- Oscar et la
  Dame rose

**SEPULVEDA**
- Le Vieux qui
  lisait des romans
  d'amour

**SHAKESPEARE**
- Roméo et Juliette

**SIMENON**
- Le Chien jaune

**STEEMAN**
- L'Assassin
  habite au 21

**STEINBECK**
- Des souris et
  des hommes

**STENDHAL**
- Le Rouge et
  le Noir

**STEVENSON**
- L'Île au trésor

**SÜSKIND**
- Le Parfum

**TOLSTOÏ**
- Anna Karénine

**TOURNIER**
- Vendredi ou
  la Vie sauvage

**TOUSSAINT**
- Fuir

**UHLMAN**
- L'Ami retrouvé

**VERNE**
- Le Tour
  du monde
  en 80 jours
- Vingt mille
  lieues sous
  les mers
- Voyage au
  centre de
  la terre

**VIAN**
- L'Écume des jours

**VOLTAIRE**
- Candide

**WELLS**
- La Guerre des
  mondes

**YOURCENAR**
- Mémoires
  d'Hadrien

**ZOLA**
- Au bonheur
  des dames
- L'Assommoir
- Germinal

**ZWEIG**
- Le Joueur
  d'échecs